Die Pferde des Herrn Haddelsey

Die Pferde des Herrn Haddelsey

Text von Caroline Silver
und Vincent Haddelsey

Verlag Sauerländer Aarau · Frankfurt am Main · Salzburg

The artist would like to express his thanks to all those who have helped in the compilation of this book, particularly Nan Appert, Richard Fowler, M. Gamichon, Michael Goldie, Arthur and Ida Niggli, Lt. Col. and Mrs J. Price, Nicholas Tooth, J. Wheeldon, and the following whose paintings have been reproduced. Her Majesty the Queen, by whose Gracious Permission the painting of Canisbay on page 3 is reproduced; Dr André Banon 50-1; Yves Bienaimé 28-9; Conte C. Brivio 12-13; Toto Badini Borromeo 42-3, 60-1; Major and Mrs Burdett-Fisher 48-9; David Elton 14-15, 34-5, 44-5, 58-9; R. Gough 10-11; The Rt Hon Countess of Inchcape 40-1; Anatole Jakovsky 52-3; Roger Jenkins 30-1; Alberto Morro Visconti 22-3; Don Gabrio Visconti di San Vito 24-5; Lady Penelope Wynne Williams 38-9; G. Willmin 32 (detail) and owners of private collections 2, 6-7, 8, 9, 16, 18-19, 20-1, 26-7, 33, 36-7, 46-7, 54-5, 54-7, 62-3, 64.

Vincent Haddelsey
Die Pferde des Herrn Haddelsey

Deutsch von Rolf Inhauser

Copyright der englischen Originalausgabe (Haddelsey's Horses)
© 1978 by Ventura Publishing Ltd, London
Copyright der deutschen Ausgabe © 1978 by Verlag Sauerländer
Aarau/Switzerland and Frankfurt am Main/Germany

Printed in Italy by Amilcare Pizzi, Milano

ISBN 3-7941-1733-6
Buchbestellnummer 01 01733

Vorwort

Vincent Haddelsey wurde 1934 in Grimsby, England geboren. Vater, Grossvater, Urgrossvater – alle waren sie Rechtsanwälte. Haddelsey genoss die herkömmliche englische Erziehung. Er besuchte zu Ampleforth in Yorkshire die Schule, und während der Ferien jagte er und stöberte er mit Beaglemeuten.

Schon sehr früh zeichnete er mit der Feder. Und weil die Feder sehr fein war, zeichnete er – wie er es auch heute noch tut – Bilder mit sehr vielen Einzelheiten. Mit sechs Jahren bekam er seinen ersten Wasserfarbenkasten und feine Pinsel. Seine beiden Grossmütter waren begabte Malerinnen. Als er acht war, schenkte ihm die Grossmutter mütterlicherseits ihren eigenen Ölfarbenkasten, Pinsel und Palette.

Haddelsey hat nie Malstunden bekommen; nicht einmal in der Schule, wo ihn die herkömmlichen Methoden zu malen und zu zeichnen in seinen eige-

nen Absichten nur störten. Stunden um Stunden malte und zeichnete er die ihn umgebende Landschaft.

Früh zog die Familie von Grimsby nach Canwick, einem kleinen Dorf in Lincolnshire. Pferde wurden so zu einem ganz selbstverständlichen Teil seines Lebens. Jagden und von Pferden gezogene Wagen gehörten zu dieser Landschaft wie Büsche und Bäume. Drei seiner Onkels waren Farmer, die für die Wagen und zum Pflügen Pferde benutzten. Als kleiner Junge ritt Haddelsey oft auf diesen schweren Shires, wenn sie von der Feldarbeit nach Hause kamen; d.h. er hing mehr an den Kummetbügeln als er ritt.

Vincent Haddelsey, der als Reiter wie als Maler zu den bekanntesten gehört, ist also reiner Autodidakt. Nachdem er im Alter von zehn Jahren sein erstes «grosses» Pferd bekommen hatte, sassen er und seine Freunde ständig im Sattel. Neben den unvermeidlichen Cowboy-und-Indianer-Spielen vergnügten sie sich auch als Jockeys oder Jäger früherer Zeiten. Und immer passten sie ihren Reitstil dem Stil an, den das Spiel gerade erforderte.

Bei seinen Eltern fand Haddelsey wenig Verständnis für seine Malerei. Sein Vater meinte, das sei kein Weg in eine gesicherte Zukunft. Der elterliche Widerstand schuf in Haddelsey eine nützliche Mischung von Ausdauer und Zielstrebigkeit. Mit achtzehn wanderte er nach Kanada aus, wo er mehrere Jahre in einem Baulager in der Wildnis arbeitete, um sich die Zeit und das Material zum Malen kaufen zu können. Während der langen kanadischen Winter übte er sich ausdauernd im Umgang mit Farbe und Pinsel. Stark beeinflusst wurde sein Lebensgefühl für Menschlichkeit von einem Stamm kanadischer Indianer, den Haislas.

Vincent Haddelsey hielt sich auch immer wieder längere Zeit in Mexiko auf und arbeitete mehrere Jahre in Paris, wo er sich seinen Namen machte. Im Jahre 1969 gewann er den Internationalen Grossen Preis von Lugano für naive Maler. Er hat erfolgreich ausgestellt in England, in der Schweiz, in Deutschland, Frankreich, Italien, Belgien, Mexiko, Kanada und in den USA.

Das vorliegende Buch ist die erste grosse Veröffentlichung der Arbeiten Haddelseys.

Vincent Haddelsey ritt zum ersten Mal bei einer Jagd mit, als er acht Jahre alt war. Er sass auf einem fetten Pony und hatte in der einen Tasche eine Tafel Schokolade. In der anderen Tasche steckte eine Feldflasche mit Milch, die mit drei Teelöffeln Whisky veredelt war.

«Sonst erinnere ich mich nur noch daran, dass ich, wenn ich nicht sprang, mich mit meinem fetten Pony durch weniger dichte Stellen in den Hecken zu kämpfen versuchte.»

Oft finden sich auf Haddelseys Bildern Freunde oder Verwandte, ob sie nun wirklich zur jeweiligen Landschaft gehören oder nicht. Eine solche Erinnerung ist der Mann im Vordergrund: sein Vetter, ein Farmer, der seine Suffolk Schafe hütet.

Wenn Engländer an ihre Kindheit denken, werden meist Bilder vom Sport oder doch wenigstens von Menschen in ihnen wach. Vincent Haddelsey aber erinnert sich an die Kirchen in Lincolnshire mit ihren Rundbogenfenstern. «Ich meinte damals, die Kirchen müssten gewachsen sein wie ein Baum wächst, so vollkommen schön fand ich sie.»

Die frühen Erfahrungen im Umgang mit Tieren gaben Haddelsey den nachhaltigen Respekt für ein geschicktes Pferd, das die Regeln der Kunst beherrscht wie ein geschickter Handwerker. Schönheit alleine gilt ihm wenig, wenn das Pferd nicht die ihm zugewiesene Aufgabe erfüllen kann. Diese Vorstellung vom Pferd als einem tüchtigen, nützlichen Tier ist in allen seinen Bildern zu finden.

«Das nur elegante Pferd ist nicht interessant. Von einem Jagdpferd wird ernsthafte Arbeit verlangt. Es braucht Mut und Geschick. Oder die Kutschpferde hier auf dem Bild. Sie sind ein wichtiger und schöner Bestandteil bei einer Hochzeit auf dem Lande.»

Junge Pferde werden häufig an Eisenbahnlinien oder Landstrassen gehalten, damit sie sich in Gesellschaft älterer, erfahrener Pferde an die ungewohnten und daher furchterregenden Geräusche und Gerüche gewöhnen können.
      Dieses Bild zeigt Kirkham Abbey in Yorkshire.
      «In meinen Bildern nehme ich mir viele Freiheiten heraus. Leute, die in Kirkham leben, haben ihre Gegend erkannt, obwohl nicht alles so stimmt. Sie haben die ihnen gewohnte Umgebung erfühlt.»

Ein englisches Jagdrennen. Das Bild schildert den Rennplatz von Market Rasen in Lincolnshire. Haddelsey hat das Bild in Italien vollendet. Um seinen italienischen Gastgebern eine Freude zu bereiten, hat er in den Reitern italienische Amateurjockeys porträtiert.

Longchamp, nahe Paris, ist der berühmteste Rennplatz Frankreichs. Die Preisgelder sind hier so hoch, dass englische Pferde über den Kanal geschickt werden, weil ein dritter oder vierter Platz mehr bringt als ein Sieg zu Hause.

    Zehn Prozent des Preisgeldes, das ein in Frankreich gezogenes und ein in Frankreich laufendes Pferd gewinnt, gehen automatisch an den Züchter. Das ermutigt ausländische Besitzer von Hochleistungsstuten, sie nach Frankreich zu importieren.

    Aus diesen und anderen Gründen hat Frankreich so grosse Erfolge im Rennsport erzielt und darüber hinaus die beste Rennorganisation der Welt geschaffen.

Merkwürdigerweise war es der schwarze Stier auf dem Wirtshausschild, der Haddelsey zu diesem Bild anregte.

«Ich hatte den Auftrag, eine Besitzung in Nordwales zu malen. Der Besitzer besass einen aussergewöhnlich schönen Bestand schwarzer Waliser Kühe, und das dank seines Schweizers, der sogar seinen wöchentlichen freien Tag damit verbrachte, sich mit seinem Vieh zu unterhalten. Während ich dort war, wollte der Stier mehrere Tage nicht fressen.»

‹Die leckersten Sachen leg ich dir vor. Warum frisst du nicht?› fragte der Schweizer und antwortete dann mit veränderter Stimme für den Stier: ‹Ich hab keinen Hunger!›

‹Na, schön. Wenn du nicht frisst, holen wir den Metzger von Bala.›

‹Mir doch egal!›

‹Ich sag dir was. Ich geh jetzt und hol was, dass du dir das Maul schlecken wirst.›

«Der Schweizer blieb etwa eine halbe Stunde weg und kam dann mit einem Sack zurück.»

‹So›, sagte er zu dem Stier, ‹versuch das. Es sind Hagebutten.›

‹Für was hältst du mich eigentlich?› kam die Antwort. ‹Ich bin doch keine lausige Amsel!›

«Der Stier frass wieder, und ich malte ihn auf das Wirtshausschild.»

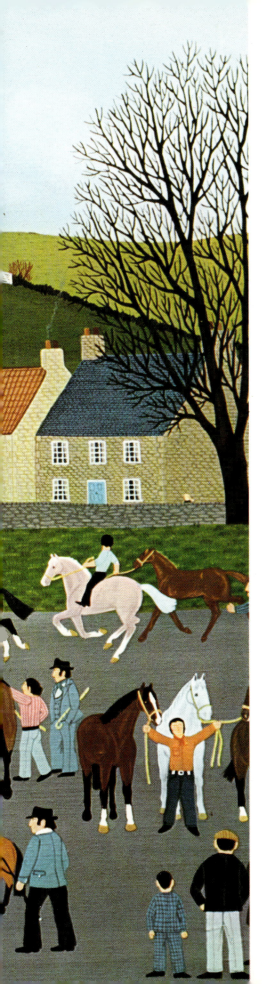

«Pferdehandel macht mir immer Spass. Da kommen die verschiedensten Menschen zusammen.»

«Wie die Zigeunerjungen im Hintergrund reiten, den Oberkörper zurückgelehnt und die Beine vorgestreckt, das ist bei ihnen Tradition.»

«Ich mag den Lärm und die Geschäftigkeit solcher Veranstaltungen. Wie die Dummen sich schlau stellen und die Schlauen dumm. Amüsant sind die Tricks der Händler. Der Galopp im Hintergrund, um nervöse Pferde zu ermüden und damit zu beruhigen. Die Farbflecken, um Fehler zu vertuschen.»

«Beim Schnee ist die einzige Schwierigkeit, die Farbschattierungen genau hinzukriegen. Je nach Licht und Tageszeit finden sich im Schnee die unterschiedlichsten Farben.»

Das Bild zeigt Felixkirk in Yorkshire, ganz in der Nähe von Ampleforth, wo Haddelsey zur Schule ging. Der Winter 1947 war ganz aussergewöhlich für England. Wochenlang schneite es Tag und Nacht. Die Wege in den Hochmooren Yorkshires waren nur mit Schlitten passierbar.

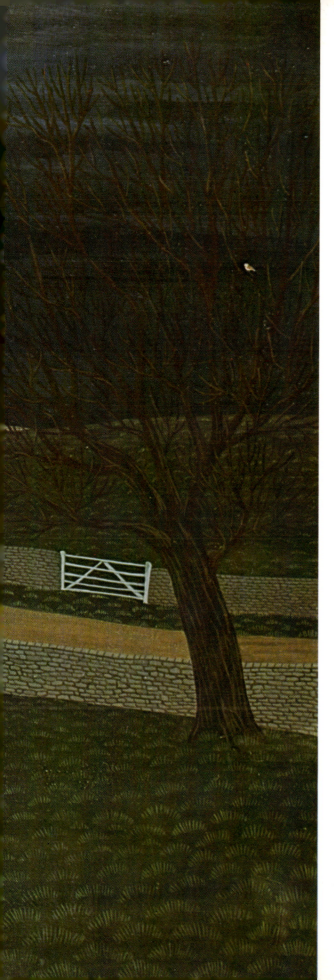

Viele von Haddelseys Bildern erzählen eine Geschichte.
 «Man berichtete mir von einem Motorradfahrer, der nachts von einem Mädchen angehalten wurde. Der Umweg war für ihn nicht allzu weit, also fuhr er sie zu ihrem Haus. Er läutete dort an der Haustüre, und als er sich nach dem Mädchen umdrehte, war sie verschwunden.»
 «Eine Frau öffnete; es war offensichtlich die Mutter. Er sagte zu ihr: ‹Ich habe Ihre Tochter mitgenommen, aber jetzt ist sie verschwunden.›
 ‹Nein, nicht schon wieder!› rief die Frau. ‹Meine Tochter ist vor fünf Jahren bei einem Autounfall umgekommen!›
 Das war sicher ein Albtraum, ein Nachtmahr. Im Englischen heisst das *nightmare*. Wir sprechen von einem klapprigen Pferd als von einer Mähre. Diese Worte haben den gleichen Ursprung, das althochdeutsche Wort *marh* für Pferd.

Hier sieht man den Aufbruch zu einer Schleppjagd, wobei für die Hunde eine künstliche Spur gelegt wird.
    Die Burg gehört Don Gabrio Visconti di Sanvito, einem brillanten Amateurjockey, der schon dreimal die Goldene Peitsche gewonnen hat.
    Die Figuren oben an der Burgmauer sind seine Mutter, sein Bruder und sein Hund Master.

Das ist Cold Kirby in Yorkshire.

«Ich wollte mitteilen, dass mein Vetter Pferde hat, darum setzte ich seinen Namen auf die rückwärtige Ladewand des Wagens.»

«Gewöhnlich skizziere ich die Dörfer an Ort und Stelle und erfinde dann die Einzelheiten. Ich lasse auch vieles weg, was ich nicht leiden kann, zum Beispiel diese scheusslichen modernen Schaufenster.»

«Tiere, die ich für den Vordergrund wähle, sind mir immer besonders wichtig. Die Wagenpferde sind Shires, die mag ich sehr gern. Und die Herde vorne ist eine Suffolk Schafherde. Ich hatte einmal eine Suffolk Kreuzung namens Baa. Der Bock war ein talentierter Springer. Ich liess ihn im Pferch immer über Hindernisse springen.»

Auf dem Bild der vorhergehenden Seite sieht man Monsieur Yves Bienaimés Reitstall in Louzarches, Frankreich.
   Haddelsey war so beeindruckt von Bienaimés Tatendrang und Fähigkeiten, dass er ihn gleich dreimal auf dem Bild malte. Er steht vorne mit der Reitpeitsche in der Hand, sein Lieblingspferd beobachtend, einen Rotschimmel; links mit seiner Bassetmeute und im Hintergrund auf dem Trainingsplatz an der Hürde.
   Monsieur Bienaimé interessiert sich vor allem für die Dressur. Er hat ein Musikstück komponiert, das genau auf die Schrittfolge von Shetland Ponys passt.

Dieses schöne Schleppjagdbild zeigt Mr. Goschens Jagd in Titty Hill, Hampshire, bei der Haddelsey oft mitreitet.

«Die Zigeunerfamilien, die ich in Frankreich kannte, stammten von einer langen Linie von Pferdehändlern ab. Sie leben immer noch in ihren Wohnwagen, aber nur wenige ziehen umher. Meist hausen sie am Rande von Paris. Nur einmal im Jahr treffen sie sich in Les Saintes Maries in der Camargue zum Fest ihrer Patronin, der Heiligen Sarah.»

«Die Zigeuner auf dem Bild habe ich 1947 in den Yorkshire Hochmooren getroffen. Ich erinnere mich noch, wie überrascht ich war, wie gelassen sie die für sie harte Winterzeit ertrugen.»

An Kanada erinnert sich Haddelsey besonders gern. In der Zeit, als er bei Haisla-Indianern in British Columbia lebte, hat er grosse Fortschritte beim Malen gemacht.
    Das Pacing Derby ist typisch für Nordamerika. Pacer sind Pferde, die beim Rennen Vorder- und Hinterlauf der einen Seite gleichzeitig heben; sie gehen also im Passgang. Die Traber gehen im Gegensatz dazu in der Diagonalbewegung, also z. B. rechter Vorderlauf und linker Hinterlauf.

«In Kanada habe ich ab und zu Polo gespielt. In England nie; wo ich dieses Bild gemalt habe. Die Spieler sind jedoch alle Kameraden aus meiner alten kanadischen Mannschaft. Der mit der Nummer 2 bin ich.»

Haddelseys unbestrittene Meisterschaft, alle Formen der Reiterei zu malen, rührt vor allem daher, dass er fast alles selbst einmal gemacht hat. Er ist Schauspringen und Rodeos in Kanada geritten, Jagdrennen in England, Schleppjagden in Italien. Er ist sogar Trabrennen in Frankreich gefahren.

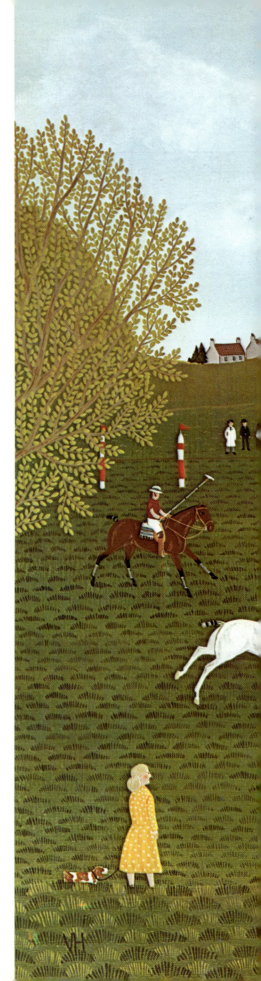

Flachrennen in Chantilly, ein anderes grosses Rennzentrum in der Nähe von Paris. In den umliegenden offenen Wäldern arbeiten die berühmtesten Trainer mit ihren Pferden.

Dieses Haus, Quendon Park in Essex, ist ein klassisches Beispiel für englische Architektur um 1650.
　　Damhirsche bevölkern den Park schon seit rund dreihundert Jahren.

Red Girl gewinnt auf dem San Siro Rennplatz in Mailand.

«Abgesehen von der prächtigen Rennatmosphäre hat mich vor allem der Richterturm interessiert.»

Vor der berühmten Pferdebörse Tattersalls in Newmarket können sich die Käufer die Pferde noch einmal anschauen, ehe sie in der Halle zur Versteigerung kommen.

    Seit mehr als zweihundert Jahren werden bei Tattersalls englische Vollblutpferde versteigert. Das erste Haus stand im Hyde Park in London. 1868 musste man aus Platzgründen nach Newmarket umziehen. Das Fuchsdenkmal links, Tattersalls Wappen, zog mit.

    Eine Kuriosität ist die uniforme Kleidung der Käufer. Sie mögen aus Japan, Polen oder Südamerika kommen, alle tragen sie den weichen Filzhut und Tweedanzüge.

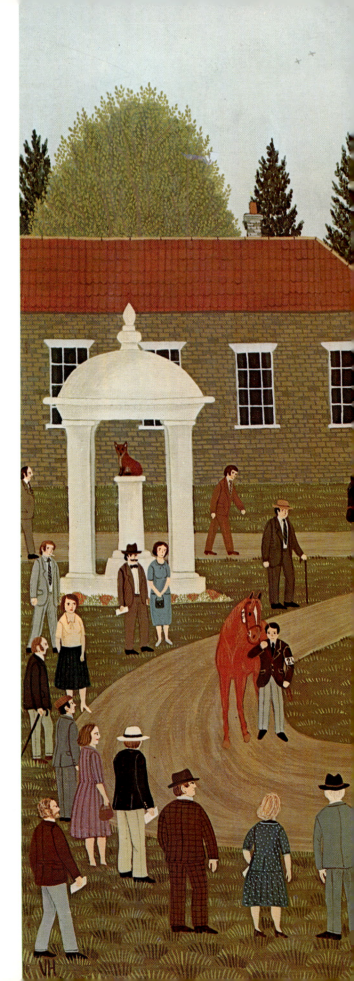

Wie Haddelsey sich «sein» Dorf in Lincolnshire vorstellt.
   «In diesem Bild wollte ich bestimmende Merkmale des Dorflebens zeigen. Die mittelalterliche Kirche und die viktorianische Windmühle, gute Architektur und die Erfindungskraft des Menschen.»

Als Londons Strassen noch mit hobbeligen Kopfsteinen gepflastert waren, da konnte man solche prächtigen Shire-Gespanne unter dem Tower vorüberziehen sehen. Und Taxis waren damals Pferdedroschken.
     Noch heute dürfte nach den alten Gesetzen ein Taxi irgendwo in der Stadt anhalten, wenn es nur einen Heuballen mitführt. Mit Heu wäre allerdings ein heutiger Taximotor nicht mehr zufrieden.

Vor viertausend Jahren schon hatten die Chinesen ein Verkehrssystem für Pferdekutschen entwickelt. Die dafür notwendigen befestigten Strassen wurden aus dem zu entrichtenden Wegezoll finanziert.

Die Postkutsche hier im Bild in Windsor wurde im Jahre 1779 für den Kurs Norwich–London gebaut. Postkutschen von diesem Typ waren die schnellsten.

Seit das Interesse am Fahrsport zugenommen hat, sind viele dieser wunderschönen Fahrzeuge wieder zu sehen.

Die Hochzeit von Prinzessin Beatrix von Holland war für Haddelsey wieder einmal eine willkommene Gelegenheit, gute Architektur und schöne, tüchtige Pferde zu malen.

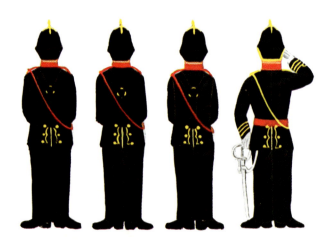

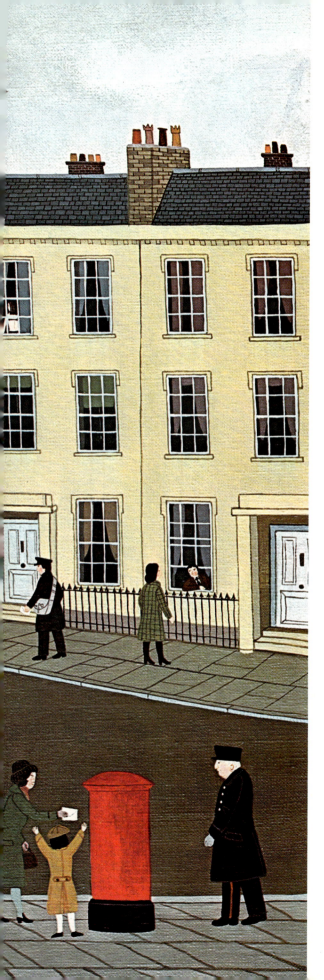

«Ein Bild muss Spannung haben. Ich erzähle in meinen Bildern immer gerne kleine Geschichten am Rande.»

«Die Tauben auf dem Dach interessieren mich ebenso wie der Obstverkäufer, die Kavalleriesoldaten, das kleine Mädchen, das den Brief in den Briefkasten stecken will.»

«An Strassenbildern interessiert mich alles. Erwachsene und Kinder, Hunde, Vögel, Bäume. Ein Mensch, der hinter einem Vorhang am Fenster hervorschaut, macht mich manchmal traurig, weil ich meine, er könnte sich nicht dazugehörig fühlen.»

«Wie die Menschen angezogen sind, das sagt oft viel darüber aus, wie sie sich fühlen. Zum Beispiel Perlkönig und Perlkönigin auf ihrem Eselskarren. Sie sind Originale des Stadtviertels.»

Königin Elizabeth II. verlässt den Buckingham Palace, um zur Westminster Abbey zu den Feierlichkeiten anlässlich des 25. Jahrestages ihrer Thronbesteigung zu fahren.

Die Staatskarosse wurde für Georg III. gebaut. Die reichverzierte Kutsche schmücken acht Gemälde von Giovanni Battista Cipriani aus Florenz, der dazu eigens 1755 nach England reiste.

Der Achterzug von Windsor Greys ist keine zeremonielle Extravaganz – die Staatskarosse wiegt mehr als vier Tonnen.

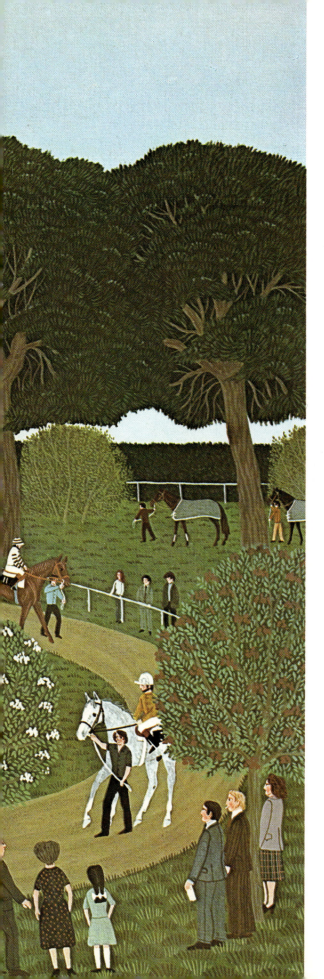

Führring eines römischen Rennplatzes.
 «Mich beeindruckt die Sanftheit und Milde der römischen Landschaft. Nirgendwo sonst habe ich solches Licht gesehen.»

Aufbruch zu einer Schleppjagd in einem Dorf in Yorkshire.